KB263480

朴永根

박영근　1958년 전북 부안에서 태어났고 1981년 『반시(反詩)』 6집에
시 「수유리에서」 등을 발표하면서 시단에 나왔다. 시집으로 『취업공고판 앞에서』
(1984) 『대열』(1987) 『김미순傳』(1993) 『지금도 그 별은 눈뜨는가』(1997) 『저 꽃이 불편
하다』(2002), 산문집으로 『공장옥상에 올라』(1983) 『오늘, 나는 시의 숲길을 걷는다』
(2004) 등을 펴냈으며, 제12회 신동엽창작상(1994), 제5회 백석문학상(2003)을 수상했
다. 2006년 5월 11일 결핵성 뇌수막염과 패혈증으로 타계했다.

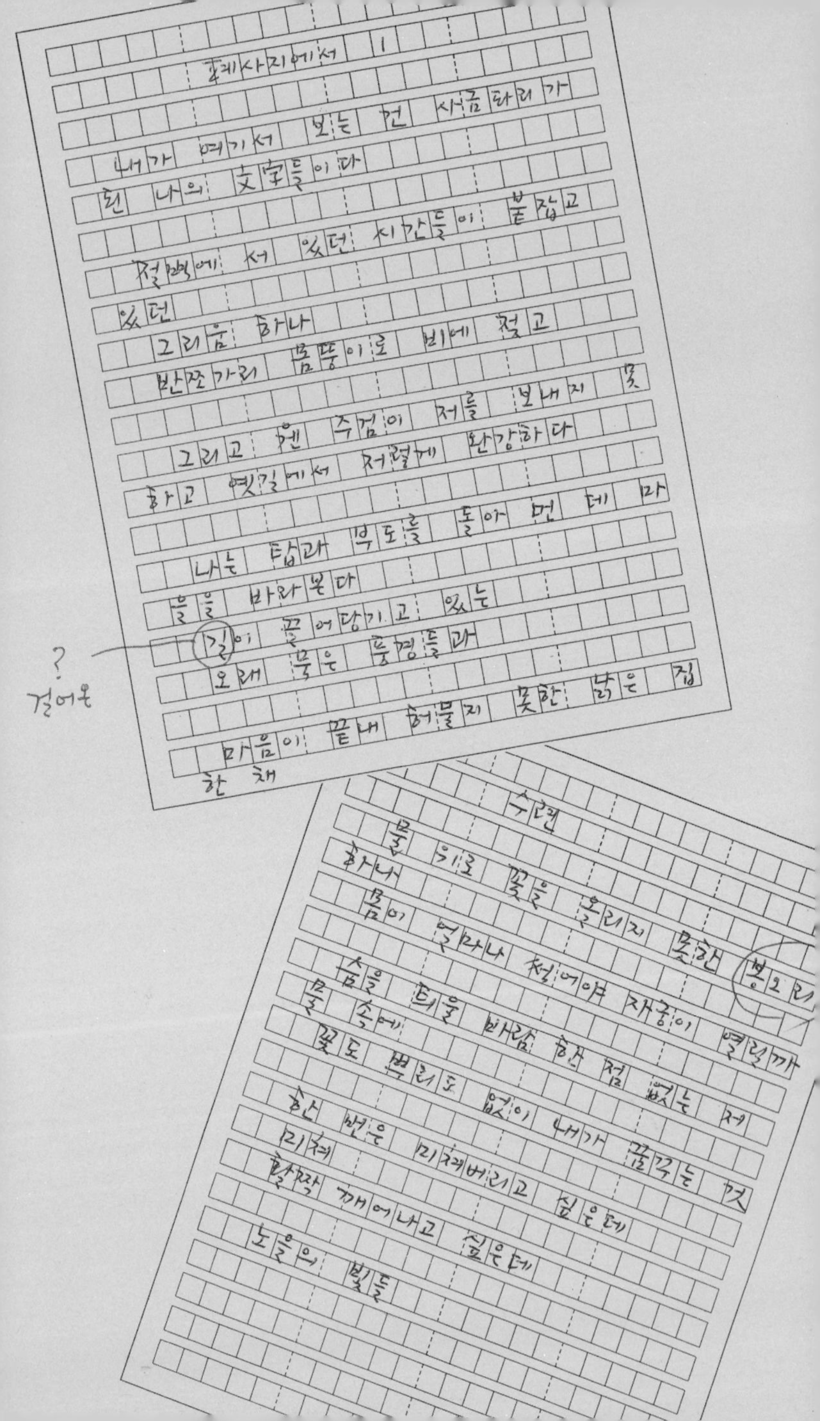

폐사지에서        1

내가 여기서 보는 건 서글라리가
흰 나의 文字들이다

절벽에서 있던 시간들이 붙잡고
있던
그리움 하나
반쪽짜리 끔뻑이로 비에 젖고
그리고 웬 주검이 저를 보내지 못
하고 옛길에서 저렇게 완강하다
나는 덤터 복도를 돌아 먼 데
물을 바라본다
길이 끌어당기고 있는
오래 묵은 풍경들과
마음이 끝내 허물지 못한 낡은 집
한 채

수련

불을 ?으로 꿈을 흐리지 못한 별오라
꿈이 젖어야 재중이 열릴까
꿈을 틔울 바람 함초 젖을 수 없는 저
꽃도 뿌리도 없이 내가 꿈꾸는 것
혼자 빛은 기척 지켜버리고 싶은데
철철 깨어나고 싶은데
노을의 빛들

걸어온 ?

위 왼쪽  1983년 철산리 산동네집 문앞에서.

위 오른쪽  1986년 노동자들과 경기도 능내로 야유회 갔을 때 나룻배 사공 할아버지와.

가운데  1994년 신동엽창작상 시상식장에서 창비 선배들과. 왼쪽부터 현기영 최원식 이선영 김윤수
         백낙청 박영근 구중서 인병선 신경림.

아래  1995년 노동자산악회의 산행에서. 뒷줄 맨 왼쪽이 벗 권오광, 다섯번째가 박영근 시인.

위   1996년 포항에서 열린 전국문학인대회 뒤풀이에서.
　　　왼쪽부터 시인 김형수 이승철 박영근, 소설가 박혜강 정수리.
가운데   1997년 인천 만수동에서
아래   1998년 12월 운주사 와불 앞에서

위  1999년 4월 부여에서 열린 '신동엽 30주기 추모문학제'에서(신동엽창작상을 받은 박영근 이원규
    시인이 신동엽 시를 낭송했다). 왼쪽부터 시인 김효사 박남준 박영근 이원규, 판화가 남궁산.
가운데 왼쪽  1999년 4월 신동엽 30주기 기념식 다음날 신동엽 묘소에서 유용주 시인과.
가운데 오른쪽  1999년 11월 인천 송림동 샘교회 시낭송회에서.
아래  2000년 인천예술회관 앞에서 소설가 최인석(왼쪽) 김한수와 함께.

위  2000년 5월 인천 민예총 사무국장 재임시 사무실에서.
가운데  2003년 2월 설악산 가리봉 밑에서 고형렬 시인과.
아래  2003년의 어느 술자리에서 시인 이은봉(왼쪽) 김사인과 함께.

위  2003년 8월 '한·몽 시인대회' 참석차 몽골에 갔을 때 초원에 누워.
아래  2005년 대부도 갯벌에서.

별자리에 누워 흘러가다

창비시선
276

박영근 유고시집

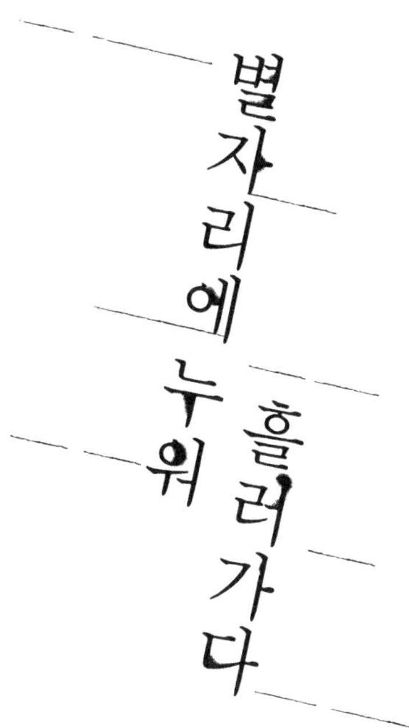


창비

• 일러두기

발표시기에 따라 작품을 배열하고 미발표작 「절규」를 덧붙였으며, 명백
한 오자만 바로잡았다.

# 차례

# 김수영 시비를 보며

가을 잎들이 허공에 부딪치며 날아간다
바람 속에 온통 몸을 내맡기고

내 괴로울 때마다 그대에게 돌아가던 길들이
오늘은
바위 골짜기
낮은 물소리도 불타는 나무도 돌아보지 않고
산숲에 든다

어디쯤에서 길은 다시 물음이 되는가
바라보면 도봉(道峯),
산머리엔
새하얀 바위벼랑

겨울이 와서 남김없이 헐벗은 뒤
골짜기에 눈이 쌓이면
그대 빗돌에도 얼음이 얼겠다

# 해창에서 2

바지락철이 오면 온 식구들이 갯벌에 나가 살았다

키꼴이 선 장정들은
소를 몰고 와 쟁기를 대고 갯고랑을 갈아엎고,
거기 가마니때기로 바지락이 쌓여갔다

저녁물이 되어 집으로 돌아가던 소구루마의 어둑한 행
렬 속에는
금성표 라지오의 이미자 노래가 있었다

수평선 자락에서부터 눈 시리게 출렁이던 물이랑을 지
우고
물길을 끊어버린 방조제 공사장을 나는 바라본다
뻘길은 평지가 되고 한 도시가 들어서겠지

보상금에 조생이 자루를 놓아버린 조개미 아짐은 또
취했나보다
다 떠나버린 마을 길에서 해장술집을 찾는다

# 탑

저 탑이
왜 이리 간절할까

내리는 어스름에
산도 멀어지고
대낮의 푸른빛도 나무도 사라지고

수백년 시간을 거슬러
무너져가는 몸으로
천지간에
아슬히 살아남아
저 탑이 왜 이리 나를 부를까

사방 어둠속
홀로 서성이는데
이내 탑마저 지워지고
나만 남아
어둠으로 남아

문득 뜨거운 이마에
야윈 얼굴에 몇점 빗방울
오래 묵은 마음을
쓸어오는
빗소리

형체도 없이 탑이 운다
금 간 돌 속에서
몇송이 연꽃이 운다

# 인제를 지나며

인제 산촌(山村) 어디쯤인가 지나는데
눈보라가
외딴집 한 채를 비켜가네

거기서 나는 보느니
눈 맞으며
눈 맞으며
마당가 빈 나무 밑을 서성대는
누렁이 한 마리
훗날
먼 데
내 모양일레

지게문을 열고
머릿수건을 쓴 늙은 어머니
흰빛만 쌓여가는 마당을 물끄러미 내다보네

# 봄눈

故 이문구 선생 추모시


이레 전 출상하더니
어디쯤에서
한 잔
두 잔
그 먼 길을
ㄱ ㄴ ㄷ ㄹ 물어 돌아오시는가,
밤중인데 거나하게 오는 눈이
이문구 선생 못다 쓴 문장들일레
그리움이라 한들
봄빛 되어 환히 녹을 일이매
허공에 돋는 어린 우듬지 속
내 눈빛도 맑게 씻겨지리

# 임시묘지의 시

1

불빛 넘실거리는 아파트 거실에
총탄에 맞은 아이의 팔과 다리가
툭, 툭 떨어지는데
나는 본다네
TV 앞에서 넋을 빼고 앉아 있는
시(詩)의 몽매한 얼굴을

그대, 붉게 속꽃 벌어지는 장미는 어떤가
내 안에 넘치는, 폭염에 끓는 바다

2

카티자, 어서 대답해
카티자, 가지 마! 너밖에 없어
카티자

카티자……

　임시묘지에 파헤쳐진 흙구덩이 속에서 아이의 울음소
리가 들려온다
　사막에서는 거센 바람이 불고 있을 것이다
　아홉살이나 열살, 눈물이 씻고 있는, 저 커다란 눈망
울도
　가매장해버릴 수 있을까
　하지만 이미 다 보았다

　중늙은 사내가 무덤 앞에 빈 음료수병 하나를 거꾸로
꽂는다
　병 속의 종이쪽에는 이름과 나이와 고향과 미사일이
떨어진 자리가 적혀 있을 것이다
　이승의 주민등록증, 곧 밤이 오면 한 덩어리 주검이 쏜
살같이 하늘을 날아
　유프라테스강쯤에서 서늘히 빛날 것이다

사막의 바람도 수십년 묵언의 시간도
밤하늘의 별자리를 지우지는 못한다
그래, 카티자, 너를 묻고 어쨌든 또 살아야 하니까……
다시 세상에 네 동생들이 태어나고……


정신병원 뜨락에서 여자들이 서성거린다
팔다리가 튀어 날아간 자리에서 굳어버린
단 하나의 표정이
꽃을 바라보고 있다
카티자, 세상에 꽃이라니, 도대체 무슨 꽃들이
저렇게 빨갛고 노란 것일까
기억 속의 꽃들이 한꺼번에 말을 잃고
병원 계단을 오른다


카티자, 그 아이가 살상무기인가요
그들이 내 아이를 찾아내
쏘아버렸어요,

홀로 남은 어머니가 멍하니 TV 카메라를 바라본다

내년쯤이면 거대한 E-MART가 임시묘지를 점령할 것
이다


| 시작 메모 |

새삼스럽게 시와 양심의 관계를 생각하면서 시를 썼다. 화려
한 수사가 가리고 있는 현실의 비참과 말의 무기력함. 곧 여름
의 폭우가 쏟아질 것이다. 말 혹은 시의 회복은 그 폭우를 통과
함으로써 가능할지도 모른다. 그렇게 장미는 추하게 땅바닥에
떨어질 것이다.

# 봄날

봄날이었다
오남매가 에미의 젖을 물고 있는 돼지막에
햇살 여릿여릿 펴지던 해나절이었다

감나무 밑 두레멍석에
생굴무침에 막김치에 되들이 막걸리를 깔아놓고
노래도 없이 절로 취해가는데

꼬부랑짜리 여든 할매가 지팽이를 땅에 뚜드리며
으젓져쩌
으젓져쩌
큰집 작은집 손주놈들을 몰고 들어오누나

한 놈은 내달려오다 넘어져 깨지고
한 놈은 돼지막에 붙어 헤헤거리고
한 놈은 경정경정 술판을 돌고
네살배기 어린것은

누렁이를 쫓아 되똥거리고


들판을 질러 먼 데 바닷바람이 불어왔던가,
감나무도
마당집도 문득 간데없어라
허름한 골목집에 봄 끝물 빗소리만
소주도 한잔 없이 뒤척거린다

# 늦은 작별

그 언제부턴가
가을도 다 지나고

가슴속에
식은 채 묻혀 있던
불덩어리 하나

다 피어나지도
저를 떨구지도 못한
꽃덩어리 하나

오늘은
허연 잿더미를 헤치고
말갛게 불티로 살아난다

이제 그만
저를 놓아주세요

찬 바람 속
몹시 앓다가
한 여드레쯤 지나면
문밖 골목에도
고즈넉이 흰 눈 내리겠다

# 양구 1

일년에 단 한번 늙은이들은 철책문을 따고 비무장지대
로 들어간다
해마다 눈은 자꾸만 흐려져
가물거리는 산세를 따라 집터를 찾고 밭자리를 더듬
지만
때도 없는 골안개 잡목숲 속으로 길은 사라지고
왜가리 울음에 허방을 짚고 주저앉는다
빤찌볼*을 지나 부대 막사에서 술을 얻어마시고
어색하게 기념사진을 찍고 장취해서 돌아오는 길
저도 몰래 나오는 어릴 적 이북 노래 속에
때로 안개를 제치고 들국화 몇송이가 피어
비로소 옛집이 보이고
냇물 건너 인민학교가 보이고


* 펀치볼

양구 2


봄물 넘실거리는 무논에선 개구리들이 뛰고
비닐막 모판은 파랗다


짙어가는 산빛이 눈물겨운 양구군 웅진리
4월까지 눈이 날리는 골짜기 마을
38선이 소양강 줄기를 끌고 매복을 하던 밤도 있었다
몰래 배를 타고 강을 건너
아우는 제사를 지내고 돌아가고
밀수 장사꾼들은 평양이며 경원선 길을 더듬고,
옛말이 끊긴 나루 선착장엔 표지석 하나가 물속에 잠
긴다


저물어 밤이 오면
칠십객 노인 홀로 밥을 짓는 외딴집에서는
민통선 너머 어디
묵은 옛 땅문서 같은 이야기도 없이
TV가 켜질 것이다

양구 3


변하지 않은 것은
골짜기를 흔들고 지나가는 물소리뿐인가
문밖에는 고개를 꺾고 눈을 감은 영산홍 몇뿌리

산숲에서는 얼굴도 없는 새들이 울고
양구는 수복지구, 전쟁이 끝나고 문득 이남사람들이 되어
군부대를 따라 막소주에 점방을 붙이고
읍내거리 뒷전에 여인숙을 치고
물길이 끊기고 댐에 물이 차올라
산밭을 갈던 사람들은
대처에 가서 숨었다
남양구
북양구
영산홍 봉오리가 눈을 뜨는 신새벽
어둑한 산줄기가
끝내 이남사람이 되지 못한 먼 촌(寸) 사람들의 행방을
묻고

# 마야꼬프스끼

옛날도
훗날도 없다

시간의 경계 위에서 늙어가는 길이 있을 뿐

늘 오늘이듯
풀들은 저렇게 자라고
내 마음에 그득해지는 눈부신 여름빛 등성이
밤을 새워 슬레이트 지붕을 두드리던

빗소리는 발자국 하나 없다

무덤이 꽃을 피우는
이 짧은 한나절이
문득 바람에 기우뚱 넘어지기도 하는 것을
나는 웃으며 바라본다

# 몽골 초원에서

외줄기, 하얗게 빛나는 길이
느리게 초원을 가다
지평선 속으로 사라진다

하늘에도 바람 속에도 내가 지어 부를 노래는 없다
저 홀로 깊어져 푸르러갈 뿐
바람이 기르는 몇떼의 구름도 이내 흩어진다

그리고 여기, 시간은 있는가
가없는 초원에
한낮에 풀들이 마르고
앉은뱅이 쑥부쟁이는 이미 천년 전에 꽃을 피우고
타는 정적 속에서
말들이 강물을 건너간다

바람소리
바람소리

저 불어오는 바람은 무지(無知)일 뿐이다
저도 모른 채 돌 하나의 순한 침묵으로 돌아갈 뿐이다


붉은 구름이 밀려가는 저녁으로 돌아가던 낙타가
내가 온 길을 무심히 바라본다

# 물소리

밤 두시나 세시
한밤중 골목길을 홀로 걷는데
맨홀의 캄캄한 구멍 속에서
물 흐르는 소리 들린다

하수도 속을 흘러가는
물소리
형체도 보이지 않는 밑바닥에서
어두움을 벗고
제 몸마저 벗고

생의 어디쯤에서 나의 사랑도
썩을 대로 썩어
온갖 수사와 비유를 벗고
저렇게 낮은 목소리로
세상의 캄캄한 구멍을
울릴 수 있을까

간절하게 나를 부를 수 있을까

밤고양이 한 마리
나를 보고 길게 울더니
경계를 훌쩍 넘어
담장 안으로 사라진다

# 위도에서

수평선 끝에서 뜨거운 눈물이 달려온다
파도는 제 몸 위로 쓰러질 수 있을 뿐
안개를 두르고
돌아앉은 섬
몰라라
물길을 막고
침묵하는 섬
파도가 파도를 업고 달려온다
주검들이 수천 마디 물음으로 살아 쏟아진다
왜,
왜,
왜,
칼등을 세운 시퍼런 물줄기 위에서
갈라터진 발바닥이 갈라터진 발바닥에게
목마른 혀가 목마른 혀에게
뻘밭 백합이 돌아가는 말뚝짱뚱어에게
묻다

묻다가
그대로 바위절벽이 되어
다시 밀려오는 파도를 받는다

# 자술서

1

무궁화꽃이피었습니다 무궁화꽃이 피었습니다 무, 궁,
화, 꽃, 이, 피, 었, 습, 니, 다…… 사방은 어두워오고
  1983년 용산구 남영동 소재 번지 미상의 어둠속에서
  낯선 술래가 되어 나를 찾기 시작한 거예요
  신작로도 고샅의 탱자울타리도
  동무들의 얼굴도 보이질 않았어요
  저는한국전자에근무하며공원들과친목을도모하던중
사철나무라는모임을결성하였고또한……
  사방 벽에서 지렁이 문자들이 벌겋게 기어다녔고
  그래요, 어느 땐가부터 나는 숨을 곳이 없었어요


2

  너는 거기서 살았다……
  더 살 수 없는 곳에 사는 사람들을 생각하며
  우연히 스치는 질문—새는 어떻게 집을 짓는가
  뒹구는 돌은 언제 잠깨는가 풀잎도 잠을 자는가……*

(욕조에 쏟아지는 물속에 머리를 처박고……
비명을 지르며……
아, 내가 쓴 자술서를 믿어만 준다면……)


너는 거기서 살았다 선량한 아버지와
볏짚단 같은 어머니 티밥같이 웃는 누이와 함께*

3

그 이야기를 해야겠어요 열흘쯤 지난 밤이었을까, 한
걸음을 떼어놓는 일에도 시간은 침을 흘리며 헐떡거리고
정말이지 어떻게 무엇이든 끝을 내야 했을 때
안경 낀 고수머리가 빵을 던져주는 거예요 단팥빵이었
어요, 공장에서 철야를 때리면 야식으로 나오던 100원짜
리 그 삼립빵…… 오작동한 프레스가 뭉툭하게 떨어지는
것 같았어요
"알고나 먹어라. 통로 건넛방 늬 애인께서 전해주시는

물건이란다. 지가 먹을 걸 너한테 준다는 말씀이야. 참말
로 눈물난다야."
    허기가 노란 꽃을 피우던 그때


    다 지나간 일이라고 가판대의 신문들이
    늙은 배우처럼 웃고 있습니다
    지상의 휴대폰들이 환하게 켜지고,
    새떼들이 일제히 날아갑니다
    나는 여전히 번지 미상의 길거리에서
    노래의 후렴을 듣습니다
    꼭꼭 숨어라 머리카락 보일라
    꼭, 꼭 숨 어 라 머 리 카 락……
    사방은 다시 어두워지고




    * 이성복의 시 「모래내·1978년」에서.

# 청옥고등공민학교

그 학교의 손바닥만한 운동장과
단 두 칸의 교실을 가려주던 지붕 위에는
얼마나 많은 조막별들이
깜빡
깜빡
졸음에 겨워하다
저도 몰래 떨어져내렸던 것일까


* 고등공민학교는 1960년대에 집안이 몹시 가난하여 학교에
갈 수 없던 아이들이 배움을 위해 밤에 모여 공부하던 곳입
니다. 낮에는 일을 해서 돈을 벌던 소년들이지요. 청옥고등
공민학교는 우리나라 노동운동의 선구자라고 불리는 전태
일이라는 노동자가 소년시절에 다녔던 야간학교입니다.(발
표 당시 시인이 『창비어린이』 지면을 고려해 붙인 주―편집자.)

# 눈길

이십리가 넘는 눈길이었습니다.
할아버지 누우신 지 오래되어
마당에선 늙은 개오동나무가 혼자 우두커니 눈을 맞고
있었습니다.
하루에 두 번 들어가는 산골 버스가 끊겨
아버지는 새내끼줄로 감발을 치고
눈 쌓이는 길을 내처 걸었습니다.
나는 아버지 넓은 등에 업혀
지나가는 전봇대를 세다가
깜빡깜빡 잠이 들기도 하였습니다.
그쳤던 눈이 다시 내리면 선득선득 이마가 차고,
눈에 덮여 조개미며, 큰다리며, 삼간리며
내가 아직 이름을 모르던 마을에서는
이따금씩 개 짖는 소리가 들려왔습니다.
가까웁던 산이 눈발 속에서 먼 곳으로 가 꺼뭇하게 떠
오르고,
아버지는 슬픈 소릿가락을 불러내어

바람 속에 눈꽃을 매달아두었습니다.
배고픈 새 몇마리가 눈밭에서 울다가
날 저무는 어둑한 눈발 속으로 날아갔습니다.
나는 아버지 등에 고개를 묻고
어머니가 방 아랫목 이불 속에 묻어두었을 놋쇠주발의
밥과
된장기가 얼큰한 시래깃국을 생각했습니다.

# 겨울 선두리에서 1


강화 앞바다 선두리
갯바람에 기울어가는 폐가 몇채
돌담가에
옛일처럼
사철나무들 마냥 푸르러가고

찬 노을이 내린다
뻘길을 더듬는 사내의 캄캄한 뒷등에,
온통 소주에 취해가는
유행가 속에

# 겨울 선두리에서 2

한번을 살아, 떠나는 일이 저렇게 절박하다
구름 한점의 허사(虛辭)도 없이 불탄 몸이
핏덩이 핏덩이를 낳고 숨겨간다

거기 내가 있을 것인가

한 바다
뻘을 물고
지는 하늘을 비켜 물떼새들은 날아가고,
어스름 허공에 찍혀가는
수만년 개펄의 생애

거기 내가 있을 것인가

찬바람에 시래기 말라가는 노을녘의 한때를 등지고
나는 바다를 향해 걷는다

# 몽골 초원에서 2

강물은 흐르고
강물은 흐르고
해맑은 물빛으로 웃고 있는 조막돌멩이들
흐르는 대로 나 또한 흐르고 싶다

어디쯤에서 나는 그대와 헤어졌는가
나는 그것조차 모르고,
깨어진 물거울 속에는
시간이 묵어간 집들이
사슬이 되어 서로를 묶고 있다
이제 돌아와 바라보는 테레즈
강물은 흐르고
강물은 흐르고

흔들리는 나뭇잎이 가르치는 대로 나는 바람소리를 듣
는다
대지에 드리운 거대한 발자국을 거두고

지평선을 붉게 들어올리고 있는
구름의 저녁 한때를
나는 바라본다

사람이 지어내는 한점 슬픔도 없이
이제 별이 돋아나리라
모든 길들이 지워진
캄캄 암흑에
나 별자리에 누워 환히 흘러가리라

강물은 흐르고
강물은 흐르고
내 안에 다시 뿌리를 내리고 있는
테레즈강
물소리
물소리

# 몽골 초원에서 3

새푸른 하늘은 대낮이다


지평선마저 사라진 초원에서는
사십몇년 묵은 나의 국적도 이름도 자취가 없다
들메뚜기 튀어오르는 소리만이 선명하다


여기서 나의 말〔言〕은 풀 한포기 흔들지 못한다
헤매는 길이 어디쯤인지 나는 모른다
쑥향기 속에 잠시 몸을 눕힐 수 있을 뿐
어디쯤에서 길을 잃었는지 나는 모른다
다만 풀을 찾아 구름을 넘는 양떼를 따라갈 뿐이다


이제 너를 돌아보지 마라
다비(茶毘)
다비
돌아갈 곳을 찾던 슬픈 마음이
불꽃 한점 없이 저를 사르고

까마득한 허공의 새들을 부른다

해맑은 구름이 타는 하늘은 대낮이다

# 몽골 초원에서 4

저 노란 꽃들이 어디서 왔는지 나는 묻지 않는다
얼마나 살았는지도

형체도 슬픔도 없다
때가 되면 산 것들은 바람 속으로 돌아간다

무심히
풀씨가 날아와 또다른 꽃을 터트리는 그 첫자리

한낮의 초원이 뜨거운 숨을 들어올려
갓난 구름송이 하나 피워낸다

# 낡은 집

1
기왓장을 울리는 빗소리 속으로 낡은 집 한 채 흘러
간다

깨어져 빗물이 새는 기왓장들 사이를
천막쪼가리들이 안간힘으로 깁고 있는,
손바닥짜리 마당이 남향으로 나 있는
그 집

공단 마을의 단칸방들과 골목을 떠돌다
처음으로 대문 밖을 향하여 이름을 내걸며 웃던,
인천시 부평구 부평4동 10의 22번지

빗소리가 울린다
온통 빗소리에 갇혀 집이 울린다
장미철 꽃들이 일제히 목을 떨어뜨리고,
그래, 십여년의 시간이 가파르게 흘러갔다

2

이 집에서 언제부터 혼자 살게 되었는지 대답을 못하겠어요 기억이 나를 밀어내는 것인지, 한밤중 골목에 나와 밤고양이 울음소리에 몸을 떨면서 하수돗물 흘러가는 희미한 소리에 귀를 기울이곤 했어요

생(生)에 대한 그리움이나 기다림이 남아 있었다면 조금은 편안했을까요 내가 쓰는 글이란 잠자리를 축축하게 적시는 식은땀 같은 것이었고, 정오 가까운 시간에 일어나면 한기에 떨리는 몸으로 마당에 내려 쌓이는 햇살을 멍하니 바라보았어요

(제발 80년대니 90년대니, 그런
헛소리로 나를 불러내지 말아요
나는 지금 2000년대의 근사한 헛소리를 씹고 있고
달콤한 똥을 싸고 있다구요
밤새 불을 켜고 있던 불륜의 활자들이

얼굴을 처박고 벌써 납덩어리가 되었잖아
아, 나에게도 홈페이지가 있다면
무슨 별이 뜰까
소주병이 애국가를 나발부는 이 질탕한 밤에)


브로크 막벽돌은 금이 벌고
창틀과 문짝 들은 휘어지고 제멋대로 패어 이빨이 흔
들리기 시작했고
지붕의 기와가 삭아 자주 방의 천장이 젖었고


기억은 늘 둔중한 지하철처럼 시간을 깔아뭉개고 지나
갔어요 당신을 사랑한다고 말할 수 있었다면 얼마나 좋
았을까 그 집에서, 허공엔 듯 길을 내어 처마와 담벼락에
꽃을 매달고 오르던 나팔꽃들을 믿을 수 없었지요 플라
스틱 흙판에 묻어놓은 씨앗이 넝쿨을 올리고 꽃을 피우
다 이윽고 가을이 와서 지붕에 잘 익은 제 몸덩어리를 의
젓하게 올려놓던 그 호박들을 당신은 지금 믿을 수 있나

요 세탁기가 돌아가고, 마당에선 빨래가 마르고, 국이 끓
는 부엌에서는 도마질하는 소리가 들려오던

그때에도 나는 시를 썼던가요


3

그것은 바람이 바뀌는 첫겨울의 문턱에 파르르하게 깔
리는 살얼음 같은 것이었을까, 몇번쯤인가 몸살이 찾아
왔어요 고열이 머리통을 불덩어리로 만들었고, 입천장과
혀가 타는 듯 뜨거워서 침을 제대로 삼킬 수 없었지요 나
는 혼자였고, 기댈 끼니라고는 찬 생수가 전부였어요 통
증과 외로움 때문이었을까, 한밤중이 두려웠습니다 그리
고 낮이 오면 후들거리는 몸으로 병원을 찾는 것이었는
데, 집에 돌아와 약을 먹으면 문득, 문득 토막잠이 찾아
오곤 했어요


그때에 나는 꿈을 꾸었을까

환영(幻影)을 보았을까
혹은 환청?
시커먼 꽃잎을 벌리고 있는 나팔꽃들이
마당과 지붕을 뒤덮고,
깨어나면 또 밤중인데
통증 속으로 시계 초침 돌아가는 소리가 뜨거운 물방
울처럼 뚝뚝 떨어져내리고


그때에 나는 어디에 있었을까,
태연하게 골목을 점령하고 있던 포클레인과 굴착기와
덤프트럭 몇대가 껄껄거리며 손발을 움직이기 시작했지
요 지붕이 내려앉고, 브로크담이 주저앉고, 어디선가 전
화벨이 울리고, 문짝이 떨어져나가고, 창틀이 깨어지고,
누군가 다급하게 문을 두드리는 소리…… 내가 흙먼지
속을 더듬고 있는 동안 그 집에서 간신히 버티고 있던,
내가 어떻게 헤아려볼 수도 없을 만큼 오랜 시간들이 가
뭇 사라져버렸어요 그 자리, 어느덧 공터가 되어버린 집

자리에 무심히 내리는 해거름녘의 햇살 몇줌과 문득 흙
먼지를 일으키고 지나가던 바람, 그 자리, 그래요, 공터
가녘 한켠에 쓰러져 누워 있는 모과나무 한 그루의 잔뿌
리털에는 아직 흙덩이가 매달려 있었어요

내 몸 밖 어디로 몸살이 빠져나갔는지 모르겠어요
문득, 눈송이들이 하늘에 비치고
허공을 빽빽하게 채우고


4
내가 살고 있는 낡은 집 한 채
제가 살아온 지붕도
두 칸 방도 창도,
시간도 다 떼내어 버리고
오래 허공속을 떠돌고 있다

그래, 그래, 아픈 몸이 지치도록 밀고 가는 구름의 떼

빗소리가 울린다
빗소리가 울린다


골목에서는 레미콘 트럭이 시멘트 개어 올리는 소리
흙탕물 속을 곤두박질치며 쓸려오다
물 위로 떠오르는 옛 문장들 몇편


내가 살고 있는 낡은 집 한 채
마당귀의 토마토 두 그루
여자 하나이 꽃대를 세우고
흙살을 돋우고 있다


나는 빗소리를 열고
그 푸른 줄기 속으로 들어갈 것이다

# 돌부처

저렇게 오래
돌아앉은 돌부처는 말이 없다

골짜기 저 밑바닥에서 안개는 올라와
지난날의 전나무와 갈참나무 숲을 지우고
어두워가는 살 깊은 곳으로
바위 가파로운 산줄기를 문득 밀어버린다

어느 때쯤 돌부처마저 보이지 않고

알 수 없구나
다만 맨몸인 내가
사방 허공에
뼈마디까지 적나라한데

어디선가 희미하게 물소리 들리고
바람에 불려가는 안개

뜨거운 이마에 맺히는 시간의 물방울들
내 안에서 수천수만 햇살의 숨구멍들이 한꺼번에 열
린다


돌부처 하나이 바위절벽 속에 제 몸을 새기고 앉아
빙그레 웃고 있다

# 결핍

1
너무 뜨겁다
내 몸은 온통 결핍의 자리

내가 살고 있는 골목길
봄날 대낮의 시간에
허공에 터져오르는 백목련
눈부신 흰빛을 바라본다

지상의 그늘을 딛고
타는 듯 하늘을 빨아들이고 있는
꽃의 환한 자궁

저 밝은 꽃숭어리들은
겨우내 목말랐던 나무의 몸이
제 살을 찢고 피워낸
뜨거운 숨덩어리들

나는 안다, 빈방의 허기와
욕정과 구겨진
원고지와 바람벽에
지친 형광등 불빛에 말라비틀어져
툭 떨어지는
꽃대가리, 결핍은
견딜 수 없는 비등점에서
주검으로 타버리는 것

그리고 갈증으로 허공에 토해놓은 욕망의 흰빛
비와 바람에 이내 사라져버릴 황홀한 꽃자리
그 한없는 반복

너무 뜨겁다
불탄 마음의 자리에
백목련 저 흰빛의

불안한 꿈


한낮이 가고
흰빛도 스러진 뒤
나는 나에게 쓸 것이다


결핍은 욕망의 감옥이라는 말


2
나는 저 꽃가지 위에 새 한 마리를 올려놓는다


날갯짓도
울음소리도 잊어버린,
저 몸속에
타고 있는 불덩어리


대낮 뜨거운 하늘길에

눈이 멀고 있는


홀로 미쳐가고 있는
맹목조(盲目鳥) 한 마리

# 진달래

그리움이 무너지면 무슨 빛깔이 될까

기다림이 무너지면 무슨 꽃이 필까

먼 산에 진달랫빛 가물거리는데

아, 너는 가버리고 말았구나

꽃 진 자리에 돋아오를 새잎마저

새잎마저……

# 기억하느냐, 그 종소리

모든 것은 다 지나간다

천년의 꿈이라 한들
제자리에 있겠느냐

우리가 사는 일이 온통 고통이라 해도
오늘 바람 속에 흔들리는
저 풀잎 하나보다 못하구나

기억하느냐
겨울 빈 들에서 듣던 그 종소리

# 가을비

길가 플라타너스 나무 밑에서
자장면 그릇 몇개
서로 얼굴을 파묻고
비에 젖고 있다

아무도 돌아보지 않는, 빈 그릇 속으로 고이는 빗방
울들
지나가던 행려의 사내 하나 그 모양을 보고 있다
어디 먼 데
먼 데로
흩어진 식구들 생각을 하나보다

플라타너스가 젖고
빗속으로 가지들이 흔들리고
허공에 걸리는 새 울음소리

나뭇잎들이 길바닥에 낮게 엎드린다

온통 젖은 얼굴 한장
흙탕물 튀어오르는 그릇 위로 떨어지고 있다


날이 더 저물면 한번쯤 우렛소리가 건너올 것이다

# 사랑

어느날 너에게도 사랑이 찾아올 것이다

미친 꽃들처럼
봄을 온통 들어올리는 그 웃음소리처럼

그리고 너는
자궁에 물이 마르고
고름이 흐를 때까지
오래 여자를 헤매일 것이다

시궁창에 제 새끼를 버리고 노랫가락을 두드리는
여자의 가랑이에선
또 물이 흐르고

저기 봐라, 술병 속에서 꽃들이
벌써 벌건 속잎을 벌리고
환하게 젖고 있다

# 밀물의 방

밀물이 들고 있다
방에
내 방에 술이 흐르고
목마른 살들이 숨구멍을 열고

천천히 취해가는 바다
핥고
문지르고
끌어당기고,
거무튀튀한 개펄이 홍건하게 젖어간다

술 속으로
살 속으로
질탕하게 갯물은 흘러가고
뻘 밑에선 거친 숨소리

발기한 파도 몸부림치는

바닷물고기들이 일제히 물을 차고
튀어올라 허공을 물어뜯고

온몸을 흔들어 파고드는 비린 살의
구멍 황홀한 지느러미의
춤 희학질 소리
희학질 소리 파도는 온통
부풀어오르고 술은 흐르고
흘러 개펄은 더 목이 마르고

절정을 넘어가는 몸이여
나에게 욕망의 맨얼굴을 보여다오
사랑을 가르쳐다오

썰물이 지고 있다
빈방에
내 방에 나는 보이지 않고

골목엔 뜨겁게 피어나던
백목련의, 떨어져 저렇게
텅 빈 꽃자리

# 슬픈 눈빛

내 안에서 누군가 울고 있다

돌아가고 싶다고
오래 나를 흔들고 있다

한밤중인데 문밖에선 비 떨어지는 소리

아직도 그곳에서는 봄이면 사람들이 밭을 갈고
논물에 비쳐드는 노을의 한때를
흥건하게 웃고 있는가

아버지와 어머니와 형제들과
돌아갈 저녁 불빛이 있는가

종소리
시간의 먼 집으로 돌아가는
종소리

낡은 시영아파트 곁마당엔 노란 산수유가 피고
울던 아이들은 젖을 물고 잠이 드는가
아직도 그곳에서는 사람들이
뜨거운 손을 잡고 노래를 부르고
누군가
아픈 몸으로 시를 쓰고 있는가

빗소리에 꿈 밖 어둑한 머리맡이 젖고
슬픈 눈빛 하나가
나를 보고 있다

# 만조의 바다

너는 오래 기억할 것이다
먼 데 섬들이 파도에 쓸리던
겨울바다에서
차마 너를 바라보지 못하고 돌아서서
노을에 홀로 취해가던
사내의 뒷모습을

너는 오래 기억할 것이다
할 말은 모두 소주병에 갇혀
소리도 없이 미쳐가던
술집 탁자에서
붙잡을 것이 없어 허공엔 듯 술을 붓던
사내의 떨리는 손을

불면의 뜨거운 이마에 떨어지던 파도소리
새벽술의 벌건 눈동자

물길에 누워 흘러가고 싶었다
바람과
햇살에
환하게 부풀어오르던
만조(滿潮)의 바다
물너울마다 웬 꽃들이 부시게 피어났던 것인지

너는 오래 기억할 것이다
바람이 텅 빈 갯벌을 쓸고 가던
겨울바다에서
갈대숲엔 듯 홀로 남아 떠돌던
사내의 발자국 소리와
젖어가던 네 얼굴을

# 허공

눈발이 몇번쯤 쓸고 갔을 뿐
바람에
허공이 가파르다

새들이 날아간 자리에
울음소리가 뜨겁게 얼어붙는다

내 안에 살아 흘러다니는
불티 몇점마저
놓아버리고 싶구나

내 절박했던 생존의 문장들은 무엇이 되어 세상을 떠
돌고 있는가

시간도 형체도 사라지고 없는 자리,
바람이
허공을 뚫고 간다

# 봄

거리에 인파 속에 나무들
연둣빛 새순에 꽃가지에
흘러내리는
햇살

저 뻔뻔한 거짓말!

플라타너스 둥치에 제 목줄을 매고
검둥개 한 마리
혼곤히 잠들어 있다

# 십일월

이맘때
강화
저무는 내가저수지
물안개와
산그림자와
내 지친 마음이 만나 오래 바라보던
그 저녁 물빛

괴로워하지 마라,
물 위를 흐르던 청둥오리떼가 저를 찾아 날아갔을 뿐
이다

오늘 너는 보이지 않고

그 자리에
아픈 몸이 흔적처럼 남아
바람 속에서

야위어간다


밤이 오면 희밝은 사리 한조각 별자리에 뜨리라

# 수련

물 위로 꽃을 올리지 못한 봉오리 하나
몸이 얼마나 썩어야 자궁이 열릴까


숨을 틔울 바람 한점 없는 저 물속에
꽃도 뿌리도 없이 내가 꿈꾸는 것


한번은 미쳐버리고 싶은데
미쳐
활짝 깨어나고 싶은데


산마루엔 노을의 빛들이 벌겋게 터져 흐르고
저 봉오리 홀로 숨이 가쁘다

## 폐사지에서 1


내가 여기서 보는 건 사금파리가 된 나의 문자(文字)들
이다


절벽에 서 있던 시간들이 붙잡고 있던
그리움 하나
반쪼가리 몸뚱이로 비에 젖고


그리고 웬 주검이 저를 보내지 못하고 옛길에서 저렇
게 완강하다


나는 탑과 부도를 돌아 먼 데 마을을 바라본다
길을 끌어당기고 있는
오래 묵은 풍경들과


마음이 끝내 허물지 못한 낡은 집 한 채


돌아가고 싶었다

이 폐사지를 건너
뜨거운 해와 바람과 물소리마저 사라진 뒤
밝아올 어둠의 자리

거기 내가 두고 온 바다에 종소리가 떨어지고 있을 게다
막 태어나 젖먹이 울음을 머금고
별자리 하나 눈 푸르게 돋아나고 있을 게다

늙은 산수유 한 그루 나를 보다가 빗속으로 가뭇 사라
진다

# 폐사지에서 2

늙은 산수유 몇그루
제 몸도 잊은 채
노란 꽃 한무더기 저질러놓고
햇살에 취해가는구나


한낮 허공에 떠흐르는 저 빛덩어리


천년쯤 묵은 바람이 피워낸 아기부처 숨결 아니냐

만월(滿月)


생일이랍시고
중늙은 사내놈 홀로
텅 빈 책상에서
중얼
중얼
소주 몇병 쓰러뜨려놓고
방바닥에 댓자로 눕는다

깨어 일어나 골목을 젖히는데
아, 언젯적에 보았던가
밤하늘에 흘러가는
환한 얼굴 하나

그놈 웃음 반 눈물 반으로 고개를 툭 떨어뜨리는고나
태어난 집 고샅에선 풍장 두드리는 소리 울려오고
아잇적 함박눈이 펑펑 쏟아지고

살아온 날들 어디에선가 잠겨 있던

휴대폰 벨소리가 터지고

# 겨울, 나무

첫겨울의 숲에서 나무들은 지금

온몸 전부를 열어

몸속의 수분을 밖으로 내뿜고 있다

우듬지에서 떨고 있는 한잎의 안간힘도

몸속에서 들끓고 있는 대지의 기억도

남김없이 떨구고 가는 늦은 십일월,

나무들은 물관의 길을 끊고

가지 끝까지 흐르던 심장의 피돌기를 정지시키고

영하의 지상으로 자기 자신을 밀어내고 있다

한겨울 뿌리마저 얼어붙는 폭설의 밤을 견디기 위하여

얼어터지지 않기 위하여

몸의 물길에 열리던

뜨거운 꽃들을 뱉어내고

잎들을 뱉어내고

욕망의 절정을 뱉어내고 있다

그 필사적인 생존이 허공을 움켜쥐고 흔들린다

어느 때쯤엔 나무들이 뿜어낸 물줄기가
잠시 겨울의 메마른 골짜기를 적시며 흘러갈 것이다



　요즘 나의 삶이 그렇고, 詩 또한 그러하다. 때로 시라는 비유의 세계가 현실의 삶과 한 치의 틈도 없이 일치되어 나타나는 때가 찾아온다.
　요즘 몸이 아프다. 욕망은 생의 에너지인가, 다만 추문인가.

# 이사

1

내가 떠난 뒤에도 그 집엔 저녁이면 형광등 불빛이 켜지고

사내는 묵은 시집을 읽거나 저녁거리를 치운 책상에서

더듬더듬 원고를 쓸 것이다 몇잔의 커피와,

담배와, 새벽녘의 그 몹쓸 파지들 위로 떨어지는 마른 기침소리

누가 왔다갔는지 때로 한 편의 시를 쓸 때마다

그 환한 자리에 더운 숨결이 일고,

계절이 골목집 건너 백목련의 꽃망울과 은행나무 가지 위에서 바뀔 무렵이면

그 집엔 밀린 빨래들이 그 작은 마당과

녹슨 창틀과 흐린 처마와 담벽에서 부끄러움도 모르고

햇살에 취해 바람에 흔들거릴 것이다

눈을 들면 사내의 가난한 이마에 하늘의 푸른빛들이 뚝 뚝 떨어지고

아무도 모르지, 그런 날 저녁에 부엌에서 들려오는

정갈한 도마질 소리와 고등어 굽는 냄새

바람이 먼 데서 불러온 아잇적 서툰 노래

내가 떠난 뒤에도 그 낡은 집엔 마당귀를 돌아가며

어린 고추가 자라고 방울토마토가 열리고

원추리는 그 주홍빛 꽃을 터트릴 것이다

그리고 낮도 밤도 없이 빗줄기에 하늘이 온통 잠기는
장마가

또 오고, 사내는 그때에도

혼자 방문턱에 앉아 술잔을 뒤집으며

빗물에 떠내려가는 원추리꽃들을 바라보고 있을까 부
러져나간

고춧대와 허리가 꺾여버린 토마토 줄기들과 전기가
끊긴

한밤중의 빗소리…… 그렇게

가을이 수척해진 얼굴로 대문간을 기웃거릴 때

별일도 다 있지, 그는 마당에 신문지를 깔고 앉아

누군가 부쳐온 시집을 읽고 있을 것이다

얼마나 많은 물결을 끌어당기고 내밀면서
내뱉고 부르면서
강물은 숨쉬는가


2
그 낡은 집을 나와 나는 밤거리를 걷는다
저기 봐라, 흘러넘치는 광고 불빛과
여자들과
경쾌한 노래
막 옷을 갈아입은 성장(盛裝)한 마네킹들
이 도시는 시간도 기억도 없다
생(生)이 잡문이 될 때까지 나는 걷고 또 걸을 것이다
때로 그 길을 걸어 그가 올지도 모른다 밤새 얼어붙은
수도꼭지를
팔팔 끓는 물로 녹이고 혼자서 웃음을 터트리는,
그런 모습으로 찾아와 짠지에 라면을 끓이고
소주잔을 흔들면서 몇편의 시를 읽을지도 모른다

도시의 가난한 겨울밤은 눈벌판도 없는데
그 사내는 홀로 눈을 맞으며
천천히 벌판을 질러갈 것이다

# 봄날

누렁이란 놈과 검둥이란 놈이
머리맡에 빈 밥그릇 하나씩 두고
봄볕 내리는 마당을 깔고 누워
곤히 잠에 떨어져 있는 것이다

얼라
거시기, 저것을 어쩌
꽹과리도 울력을 나가 논틀밭틀 뛰어댕기는 이 바쁜
농새철에
………

봄내 풋것이나 매달고 있는 저 감나무가 알겠는가
늙어빠진 돌배나무가 알겠는가,
누렁이는 지금 꿈인지 생시인지
검둥이와 혀가 떨어지도록
자식농사를 짓고 있는 중인 것이다

오늘은 산그늘이 한결 깊어지겠다

# 절규

저렇게 떨어지는 노을이 시뻘건 피라면 너는 믿을 수
있을까

네가 늘 걷던 길이
어느날 검은 폭풍 속에
소용돌이쳐
네 집과 누이들과 어머니를
휘감아버린다면
너는 무슨 말을 할 수 있을까

네가 내지르는 비명을
어둠속에 혼자서
네가 듣는다면

아, 푸른 하늘은 어디에 있을까
작은 새의 둥지도

# 길이 직업이던 시인,
# '시간의 먼 집'으로 돌아가다

백무산

그가 날 위태롭게 하였고 나는 웃었다/머리에는 까치집을 겹으로 지었고/뒤축이 다 닳고 물에 불은 구두는 짝이 맞지 않았다/낡고 검은 겨울 외투는 터무니없이 커서/한쪽 자락은 땅을 끌고/다른 쪽은 종아리께 올라붙어 있었고/막걸리 허연 자국은 팔꿈치에 가슴팍에/피딱지처럼 말라붙어 있었다 (…)

그의 나이 스물다섯 겨울이었을 것이다. 그와 내가 처음 만났을 때를 기억하는 사람이 몇 있는데, 그 만남을 두고 괴이한 일로 나중까지 얘깃거리가 되었다. 그 당시 나는 기계노동의 습관이 뼛속까지 절어 있었고, 제복과

규율이 어울리기까지 했고, 행동과 말이 우리에 갇힌 야생의 짐승이어서 늙은이가 몇 들어앉은 그와 도무지 어울릴 구석을 찾아볼 수 없었다고 했다. 더구나 첫눈에, 통성명도 하기 전에 술집 탁자가 부서지도록 멈출 줄 모르고 웃어젖히던 돌발적인 나의 행동에 다들 영문을 몰라했다고 한다. 시인은 시인대로 나의 그러한 행동에 전혀 개의치 않고 그저께 본 사람 다시 보는 듯 웃기만 하더라는 것이다. 그를 보자마자 통쾌했던 것 같다. 그는 행색만으로도, 말 한마디 하지 않고도, 기계노동의 덫에 온몸이 결박된 나를 그야말로 단숨에 '조져'버린 것이다.

술자리의 분위기도 아주 묘했다. 그 자리에는 주사깨나 부리던 기인(奇人)들이 있었는데, 기인이라고는 하지만 자신의 무능과 게으름과 방종에 시대의 아픔으로 알리바이를 삼고 사는 속물적 기인들이었다. 그보다는 나이가 한참들 윗길이었으나 내가 자리할 무렵 그는 이미 '기인들'을 다 제압하고 있었다. 기인들은 달아날 궁리나 하고 있던 차에 내가 들어서니 슬금슬금 빠져버렸다. 더 이상했던 건 술을 거의 마시지 못하던 내가 그 술자리에서 삼박사일이나 그를 앞에 두고 팔짱을 끼고 있었더라는 것이다.

그를 처음 만난 건 '하꼬방 교회' 때문이었다. 고향 떠나 살던 공단도시에서였는데, 그 무렵 몇몇의 뜻을 모아 작은 민중교회를 만들게 되었다. 버려진 풍금을 얻어오고 공사장에서 가져온 폐목으로 십자가를 만들어 누더기 예수를 모셨다. 구로에서 산업선교회 활동을 하던, 영양실조 상태이던 전도사도 모셔왔다. 울산역전의 좁아터진 낡은 건물을 얻어 불과 7명이 초미니 교회를 열었다. 생활비를 벌기 위해 모터 수리공장에 일 나가던 전도사가 어느날 신학교시절에 알던 후배가 찾아올 것이니 좀 만나보라고 했다. 선배가 낯선 땅에서 개척교회를 열었으니 당연히 불원천리 위로차 온 줄 알았다. 그런데 그게 아니었다. 아닌 정도가 아니었다. 전도사가 굳이 나를 부른 이유도 알 만했다.

"애인을 찾아서 왔습니다. 경산에 있는 방직공장에 위장취업을 했대요. 주소도 전화번호도 아무것도 남기지 않고 갔어요. 그 여자는…… 내가 지긋지긋하대. 날 피해 달아난 거라구요……" 그러면서도 그는 사정과는 달리 밝게 웃었다. 그 사람이 박영근 시인이었다. 그는 내가 이해할 수 없는 사고방식을 가진 것 같았다. 그에게 사랑은 사랑일 뿐 그밖에 아무것도 아닌 것 같았다. 어떠한 형식욕망도 조건욕망도 품고 있지 않은 것 같았다. 그는 사랑을 사랑할 뿐 사랑을 위해 할 수 있는 일에는 관심이 없어 보였다. 그뿐 아니었다. 고통스런 현실을 말하면서도 시대적 아픔을 말하면서도, 슬픔을 과장하지도 아픔에 호들갑을 떨지도 감상에 빠지지도 궁상을 떨지도 구차스럽지도 않았다. 그가 자신에게 대단히 철저했던 것일까? 아니면 너무 깊은 좌절에 빠졌던 것일까? 단순한 사고방식일까? 그가 걸어온 길에 얼마나 큰 슬픔이 있었을까? 그는 또 무엇이든 조건과 이유를 따져 묻지 않고 '그 자체'를 손상하지 않고 곁에 두거나 받아들이는 습관이 있는 것 같았다.

삶은 의문투성이지만, 자본지배의 시대에는 그 의문조차 그리 순수할 수 없게 된다. 많은 질문들이 본질에서 벗어나 자본의 가치를 생산한다. 왜 사느냐? 하는 질문도 그렇다. 그것은 삶의 근원적 의문에서 나온 질문도, 존재의 철학적 질문도, 자기성찰적 삶을 요청하는 윤리적 질문도 아니다. 오히려 이 질문은 음모적이다. 이것은 자본의 경쟁체제에 종속된 인간의, 그 행위결과의 공허함에 던지는 잔인한 질문이다. 그것은 충족되지 않는 욕망을 표현하면서, 경쟁은 멈출 수 없으며, 이 질문에 답할 자격을 가지려면 끊임없이 뛰어라! 아직은 멀었다,고 말하는 것이다. 승자도 패자도 이 질문에 답할 수 없다. 그러나 자기검열의 이 질문은 무의식적으로 자신을 추궁하

고, 몰아세운다. 이것은 자본이 인간에게 강요하는 행위
의 자기부정, 즉 물신화된 질문이다. 이것은 질문이 아니
라 명령이다. 그 추궁을 당하지 않으려고 끊임없이 자신
을 위장하고, '그 자체'의 외부로부터 온갖 권력장치를 끌
어오고 도구적 창작물을 생산한다.

그가 대화에서, 또 그의 시에서 이러한 질문을 던지는
법은 좀체 없다. 왜?라는 질문은 외부에 던지는 질문이
다. 그는 왜?가 아니라 전존재를 '그 자체에, 어떻게!' 실
어갈 것인가에나 관심이 있었다. 시인의 삶은 자본에 의
한 인간존재의 물신화과정에 본능적으로 저항하는 삶이
었다. 그의 어떠한 일탈행위도 세상에 대한 자신만의 저
항의 방식이었다. 그러나 "민중은 내가 가야 할 미래"라
고 하면서도 그는 극렬한 저항시는 쓰지 않았다. 왜일까?
저항해야 할 것이 외부에만 있는 것이 아니라 내부에 이
미 물신화되어 있음을 간파하고 있었다. 이미 그는 세상
의 부조리함을 인식했음은 물론 그에 저항하는 사람들조
차 허위의식에 빠져 있음을 보고 있었다. 그에겐 이것이
종종 큰 슬픔이 되어 세상과 정면으로 대면하지 못하게
만들었다.

건전한(?) 노동생활이 없는 시인의 삶 때문에 노동문
학을 생각하는 사람들 가운데 시인의 노동자성에 회의적

인 시각을 가진 사람도 있는 것 같다. 하지만 내 생각은 정반대다. 그가 등단 이후 줄곧 노동의 희망과 투쟁과 좌절, 그리고 민중적 삶의 진정성에 대한 미학적 고투를 쉬지 않은 것은 물론, 노동에 내면화된 자본지배의 억압적 가치화로부터 시인보다 더 깊게 더 멀리 탈주에 성공한 사람은 없어 보인다. 그러므로 오히려 우리 시대 최고의 노동시인으로 그를 손꼽는 데 나는 주저하지 않는다. 노동자는 노동계급의식을 가짐과 동시에 그 계급화로부터 탈주해야 하고, 노동을 하면서도 동시에 노동의 판매자로부터, 자본이 구성한 삶과 가치 안에서 바로 그 가치화부터 절규하고 탈주하지 않으면 계급동일성에서 벗어날 수 없다. 그렇지 않으면 계급의식으로 무장하고 계급해방을 해야 한다는 모순에 빠지게 된다. 국가와 권력관계 속에서 자신의 계급을 구성하고 다시 국가와 권력 장악을 통해서 자신을 해방해야 하는, 권력 원환(圓環)의 폐쇄회로에 갇히는 것이 아닐 수 없다. 그것은 곧 우리가 우리 자신에게 대립하여 분열되어 있다는 말이다. 노동은 노동계급 안에서가 아니라 노동 이상의 그 무엇에서, 자신을 상품으로 팔아야 하는 판매자 이상의 그 무엇에서만 희망을 가질 수 있을 것이다. 시인은 그것을 누구보다 잘 알고 있었다. "악기 공장 / 닫힌 철문 앞에서 / 원직복직

을 외치는 그의 쉰 목소리를/희망이라고 불러도 좋은 것
일까 (…) 돌아볼 옛날도/훗날도 없는 텅 빈 시간"(「희망
에 대하여」, 『지금도 그 별은 눈뜨는가』)이라고 한다. 원직복
직을 하고 나면 다음날부터 다시 그 지긋지긋한 노동의
시간이 온다. 눈물겨운 그것을 희망이라고 불러도 좋은
것일까, 반문한다. 이 과정이 부르주아국가를 전복하고
권력을 장악한 이후에도 다를 바 없음은 현실사회주의에
서도 보아온 것이다. 그러면 그는 무엇을 희망이라고 말
하는가? 머뭇거리다가 이렇게 말한다. "돌아볼 옛날도/
훗날도 없는 텅 빈 시간"이라고 말한다. 이것은 죽은 노
동의 시간을 말하는 동시에 죽음 후의 시간을 암시한다.
아직 탐사되지 않은 시간이다. 시인은 그곳까지 탈주하
였다. 물론 시인의 절망이 여기서 끝나는 것은 아니다.
아니 더 큰 절망이 기다리고 있다.

　"모든 것은 지나가지 내 말들도 슬픔도 헛소리였을 뿐
이야/저 고층아파트를 보라구 E-MART가/당신이나 나
를 연중무휴로 쎄일하고 있잖아/예전엔 TV 케이스 만드
는 공장이 있던 자리예요 (…) 이 망할 놈의 머리 가지곤
안돼요"(「봄빛」, 『저 꽃이 불편하다』)라고 '치욕'적으로 말한
다. 자신을 전면 부인한다. 예전의 노동(산업노동)은 TV
케이스를 만드는 동안만 잉여노동시간의 착취가 이루어

졌다. 그러나 자본의 고도화와 제국화는 다시 세상을 바꾸어놓았다. 지식은 물론 삶의 일상적인 공간에까지도, 인간의 감성, 사랑, 전통의 영역도 자본의 착취 대상에서 예외가 아니다. 어쩌면 눈물조차도 마트에 가서 구매해야 할지도 모르는 세상이다. 자본은 노동 안에서 노동은 자본 안에서 서로 내적 관계가 긴밀해져간다. 여기서 시인은 자신의 '헛소리'를 실존에 대한 성찰로 이어간다. 길은 목적에 이르는 것으로부터, 시간은 연대기적 수의 문제로부터 이탈하고자 한다. 이것은 존재에 대한 자기부정으로 이어진다. 존재는 좌절된 시간의 축적이기 때문이다.

"나 오래 물의 자리에 내려앉고 싶었다 (…) 나 있던 본디 자리로"(「물의 자리」, 『저 꽃이 불편하다』)라고 한다. 존재의 자기부정은 삶의 역사가 종말에 이르는 곳으로 인도한다. 그러나 두려워할 것 없다. 존재의 역사로부터 생성의 역사가 시작되어야 하기 때문이다.

그후 그는 시에서 시적 대상을 '폐사지'처럼 또는 '찬바람에 말라가는 시래기'(「겨울 선두리에서 2」)처럼 말려가고 있었다. 그의 의식은 대상을 매우 선명하게 포착하는 듯하다가 문득 놓아버리고, 흐리게 일렁거려놓았다가 딱

정지해서 극렬하게 들여다보기도 한다. 이것은 장난기 때문일 것이다. 이미 대상이 스스로 실재를 갖고 있는 것이 아님을, 그렇다고 그것을 투영하는 의식 또한 실제가 아님을 앎에 사무쳐 아는 사람만이 발동할 수 있는 유아적 장난기였을 것이다.

그는, 자신이 떠난 뒤에도 한 사내는 그곳에 남아 "시집을 읽거나 저녁거리를 치운 책상에서 (…) 시를 쓸"(「이사」) 것이라고 한다. 자신이 떠난 뒤에도 자신은 남을 것이라는 것이다. 자신이 이곳에 존재하면서 동시에 떠나기(이사하기)도 하고, 지금 이곳의 일상공간이 이사를 간(온) 그곳이기도 하다는 것이다. 그는 자신의 의식에서 떠남과 남음에 어떠한 문턱도 지워버린다. 그렇다고 대상을 자신의 의식으로 끌어오지도, 자신이 대상과 합일하지도 않는다.

이 둘 역시 실제가 아니라는 것이다. 대상도 의식도 다 떠나보내고 회로망을 끊고 밖으로 나오고 싶지만 밖은 쉽게 보이지 않는다. 이 공전하는 듯한 의식 속에서 풍화될 대로 풍화되고 닳을 대로 닳은 문의 빗장이 스르르 열리더니 어느 순간 문득 자신이 폐사지에 서 있음을 발견한다.

마음이 끝내 허물지 못한 낡은 집 한 채

돌아가고 싶었다
이 폐사지를 건너
뜨거운 해와 바람과 물소리마저 사라진 뒤
밝아올 어둠의 자리

—「폐사지에서 1」 부분

그 폐사지를 건너면 어디가 나올까? 폐사지를 건너는
일은 돌아가는 일일까? 그러면 그곳에 다시 일상의 시간
이 흘러나오는 곳일까? 그러나 그곳은 '물소리마저 사라
진 고요의 자리, 밝아올 어둠의 자리'다. 그렇다, 그는 아
직 그곳에 있다!

정갈한 도마질 소리와 고등어 굽는 냄새 (…) 어린
고추가 자라고 방울토마토가 열리고 (…) 밤새 얼어붙
은 수도꼭지를 팔팔 끓는 물로 녹이고 (…) 짠지에 라
면을 끓이고 소주잔을 흔들면서 (…)

—「이사」 부분

아직 그곳에 있다. 아니 이미 그곳에 있다. 그곳이 바로,

정갈하고 또 소란한 일상의 자리, '시간도 기억도 없는 도시'(같은 시), 아아, 그곳이 바로 물소리마저 사라진 어둠의 자리다!

아비규환의 현실이여,

이곳이 바로 고요의 자리이다!


그가 간 곳으로 돌아가보자! 그곳에 어쩌면 "마음이 끝내 허물지 못한 낡은 집 한 채"가 있는지도 모른다. 왜냐하면, 마음의 끝자리에서 몸이 다시 피어나기 때문이다.


1985년 겨울이었다. 나는 광명 철산리 달동네를 오르고 있었다. 바람이 세차고 눈발이 날리고 있었다. 시인의 집은 피난민촌을 연상케 하는 산동네의 거의 정상 부근에 있었다. 버스에서 내려 줄곧 언덕진 골목길을 오르는 일만 해도 숨이 턱에 차는데, 다시 가파른 돌계단이 아슬아슬 이어졌다. 좌우엔 공사장 합판으로 얼기설기 덧댄 집들, 비닐로 바람을 막고 천막천으로 비를 가린 지붕들, 기울어져 비계로 괸 기둥들. 비탈진 작은 공터엔 아이들이 연탄재를 굴리고, 바람 빠진 공을 차고, 두 바퀴뿐인 세발자전거를 타고, 개똥과 죽은 쥐들과 함께 뒹굴고. 방문을 열고 가래침을 뱉는 사내의 등 뒤로 알몸인 여자가

누운 안방이 훤히 보이고, 어디서 고함소리와 함께 유리
창 깨지는 소리, 밭은기침 소리, 나훈아의 노래가 흘러나
오는 녹음기 소리, 바람이 지나갈 때 여기저기 집들이 삐
걱대는 소리.

시인의 집은 드물게 평상만한 마당이 있었고, 궤짝만
한 화단이 있었고, 그곳에 마른 고춧대가 그대로 서 있었
다. 방의 천장은 머리에 닿았고, 둘이 눕기에도 비좁았
다. 그곳에는 얼굴이 뽀얗고 예쁜 동갑내기 여자가 있었
다. 여자가 엉덩짝 돌릴 틈도 없는 벽장만한 부엌에서 그
을음 오르는 석유곤로를 피우고, 라면을 끓이고, 도마에
파를 썰고, 찬장에서 짠지를 꺼내느라 먼지에 찌든 뽀얀
백열등에 몇번인가 머리를 부딪칠 때마다 불빛 일렁이어
집 전체가 출렁거렸다.

"이봐요, 막걸리부터 먼저 가져와요. 형, 이리 와, 여기
가 아랫목이야, 당겨앉어, 이거 덮어, 추워!"

어둠이 내리자, 멀리 서울의 불빛이 하늘 가득 내리는
눈송이에 부서져 돌아앉은 산동네의 배후를 오로라처럼
휘감았다. 그것은 수미산정에 앉은 부처님의 후광처럼
마을을 감싸고 있었다.

시인이 지상에 차지한 공간은 별만큼 작았다. 그것을
잘라 내게도 나누어주었다. 밤은 아름다웠고 별은 따듯

했다.

밤은 깊어가고, 밖엔 하염없이 눈이 내리고 있었다.

전설처럼,

아아, 전설처럼.


白無產 | 시인

# 한점 슬픔도 없이

김해자

1

해맑은 구름이 타는 대낮, 지평선마저 사라진 초원에서, "사십몇년 묵은 국적도 이름도" 잊어버린 채 "풀을 찾아 구름을 넘는 양떼를 따라" 길을 가는 사내가 있다. 그는 "풀 한포기 흔들지 못"하는 말의 무력함과 무용성을 떠올리며 침묵으로 걸어간다. 어디쯤에서 길을 잃었는지, 헤매는 길이 어디쯤인지도 따져 묻지 않은 채 들메뚜기 튀어오르는 그 순간 선명한 생명의 소리에 귀기울이며. 가야 할 길도 잊고 옭죄던 마음의 고삐도 놓아버린 채 다만 방심(放心)으로 방심으로 난 길을 향해. 자꾸만

되돌아보려는 마음에 불을 지르고(茶毘) 돌아갈 곳을 찾
던 헤매던 마음에 불을 지르고(茶毘), 그 마음이 "불꽃 한
점 없이 저를 사르고/까마득한 허공의 새들을 부"(「몽골
초원에서 3」)르는 초원으로 까무룩이 멀어져가다 이윽고
흔적도 없이 사라진다.

형체도 슬픔도 없다
때가 되면 산 것들은 바람 속으로 돌아간다

무심히
풀씨가 날아와 또다른 꽃을 터트리는 그 첫자리

한낮의 초원이 뜨거운 숨을 들어올려
갓난 구름송이 하나 피워낸다
—「몽골 초원에서 4」 부분

이상도 하지. 몇해 전, 해외라고는 처음 나가본 몽골을
다녀와서 좋아라 자랑하며 미완된 시를 읊어주던 그 목
소리는 어디로 갔을까. 장엄한 대지 앞에서 이제 "내가
지어 부를 노래는 없다"던 그는 "돌 하나의 순한 침묵으
로 돌아"(「몽골 초원에서」)갔는가. "형체도 슬픔도 없"이 고

단한 몸의 짐 벗고 오래 허공속을 떠돌다 '빗소리 푸른
줄기 속으로'(「낡은 집」) 들어갔는가.

> 사람이 지어내는 한점 슬픔도 없이
> 이제 별이 돋아나리라
> 모든 길들이 지워진
> 캄캄 암흑에
> 나 별자리에 누워 환히 흘러가리라
>
> ──「몽골 초원에서 2」 부분


2


　한탄도 회한도 슬픔도 판단조차도 없이 다만 나는 그
를 이해하고자 한다. 아픈 몸과 허물어진 집과 욕망의 감
옥에서 온통 결핍뿐인 시간을 견디며 세상에 피워놓은
"절박했던 생존의 문장들"(「허공」)을 이해하고 싶을 뿐이
다. 겨울나무가 "뿌리마저 얼어붙는 폭설의 밤을 견디기
위하여/얼어터지지 않기 위하여/몸의 물길에 열리던/
뜨거운 꽃들을 뱉어내고/잎들을 뱉어내고/욕망의 절정
을 뱉어내"듯이 "그 필사적인 생존이 허공을 움켜쥐고 흔

들"(「겨울, 나무」)리듯이 절박한 몸의, 생존의 아픈 언어들을 보고 있다. "바위절벽 속에 제 몸을 새기고 앉아 빙그레 웃"(「돌부처」)는 돌부처를 보고 있다. 아픔을 지나 절망의 어둔 터널도 지나 시간도 형체도 다 지우고, 다만 허공에 핏덩이 하나 낳고 사라진 아프지만 환한 어둠을 얼핏 보고 있다. 엄살도 과장도 비유와 허사소차 다 지우고 다만 간절한, 마른 뼈같이! 형형한 외마디 언어만 남은.

> 한번을 살아, 떠나는 일이 저렇게 절박하다
> 구름 한점의 허사(虛辭)도 없이 불탄 몸이
> 핏덩이 핏덩이를 낳고 숨져간다
>
> ——「겨울 선두리에서 2」 부분

그는 문학이란 "아프면 아플수록, 절망하면 절망할수록 그 아픔과 절망에 의미를 부여하고 어둠을 노래하는 데 본연의 몫이 있다"고 강변한 적이 있다. 위기와 절망조차 자신의 현실을 냉정하게 통찰하고 수용함으로써 과거를 전복하고 자신을 거듭나게 하는 절호의 기회로 받아들여야 한다고, 일탈과 해체조차 몸으로 통과해 시의 몸이 되게 해야 한다고.

저 탑이
왜 이리 간절할까

내리는 어스름에
산도 멀어지고
대낮의 푸른빛도 나무도 사라지고

수백년 시간을 거슬러
무너져가는 몸으로
천지간에
아슬히 살아남아
저 탑이 왜 이리 나를 부를까

사방 어둠속
홀로 서성이는데
이내 탑마저 지워지고
나만 남아
어둠으로 남아

문득 뜨거운 이마에
야윈 얼굴에 몇점 빗방울

오래 묵은 마음을
쓸어오는
빗소리

형체도 없이 탑이 운다
금 간 돌 속에서
몇송이 연꽃이 운다

—「탑」 전문


3


제발 80년대니 90년대니, 그런
헛소리로 나를 불러내지 말아요
나는 지금 2000년대의 근사한 헛소리를 씹고 있고
달콤한 똥을 싸고 있다구요

—「낡은 집」 부분


불의 80년대와 해체의 90년대를 지나 그가 때로 분열
과 자학으로, 때로는 위악과 냉소로 과거 희망과 변혁의
연대를 비난했다면 그것은 반어와 역설의 화법일 것이

다. 근본을 잊어버리고 첫마음을 잃어버리고 세상에 핑계를 돌리는, 자신의 실존적 삶과 동떨어진 죽은 언어와 형해화된 실천들에 대한 반성적 통찰 속에서 나온 것인지도 모른다. 피상적인 변혁적 제스처에 대한 반감에서 나온 건지도. 내가 아는바 그는 글쓰기에 있어서만은 내내 근본주의를 고집한 시인이다, 뼈마디까지 적나라해지도록 진정성을 획득하기를 포기하지 않은. 시를 쓰는 내내 그리고 죽을 때까지 그는 몸의 언어를 신뢰한 노동의 시인이자, 노동자적 아픔을 육화해내려 고투한, 변혁의 꿈을 놓지 않은(급진적 이론 때문이 아니라 실존 자체가 절박하게 요구하였기에) 가난한 시인이었다.


    하수도 속을 흘러가는
    물소리
    형체도 보이지 않는 밑바닥에서
    어두움을 벗고
    제 몸마저 벗고

    생의 어디쯤에서 나의 사랑도
    썩을 대로 썩어
    온갖 수사와 비유를 벗고

저렇게 낮은 목소리로
세상의 캄캄한 구멍을
울릴 수 있을까


간절하게 나를 부를 수 있을까

—「물소리」 부분

의문형으로 끝나는 이 시는 어쩌면 박영근 시인의 가장 내밀한 무의식적 지향을 보여주는 시인지도 모른다. 하수도의 물은 말 그대로 더럽고 낮은 곳을 흐른다. 물소리는 그 밑바닥에서 모든 것을 다 벗고 세상의 캄캄한 구멍을 울리는 동시에 간절하게 나를 부르는 소리가 된다. 아니 의문형의 종결어 속에는 그랬으면 하는 바람이 숨어 있다. 나는 이 짧은 시 속에서 세상에의 울림과 개체의 구원이 하나가 된 낮은 물소리를 듣는다. 온갖 수사와 비유를 벗어던진 순연한 세계를 본다. 계몽도 가르침도 질타도 분노도 없이 낮은 목소리, 다만 존재의 알몸으로 구원을 빚어내는, 썩을 대로 썩어 이윽고 순결한 세계로 진입하는 역설적인 사랑의 소리를 듣는다.

별일도 다 있지. 생전과 달리 말쑥한 옷차림과 깔끔한 얼굴로 그가 들어선다. 빙그레 웃으며 커피 한잔 달라고 한다. 커피 물이 팔팔 끓는 그 짧은 시간, 옆에 앉아 중얼거린다. "시의 몸은 말이야, 변혁의 절박성을 온몸으로 밀고 나가는 내용과 형식의 결합이야. 시를 낳게 하는 긴박한 현실과 삶의 에너지, 그 싱싱함을 뭘로 대체할 수 있겠어." 이야기를 듣는 사이 고양이 한 마리가 훌쩍 경계를 뛰어넘어 어둠속으로 사라진다. 황천에는 주막도 없다는데 목련꽃 툭툭 터지는 이 봄밤, 뉘와 더불어 노닐 것인고.

金海慈 | 시인

# 이 땅에 내려놓은 간절함마저 잊고, 친구여 잘 가라

허정균

나는 고(故) 박영근 시인과 초등학교를 졸업할 때까지 한동네에서 살았고, 객지에 나와서도 인천 부평에서 17년 동안을 이웃해 지냈으며, 산곡동 시절에는 두 달 동안 함께 자취를 하기도 하였다. 하지만 내가 2005년에 서울로 이사온 뒤로는 1년이 넘도록 그를 찾아보지 못했다. 밤중에 전화가 걸려오면 나는 그에게 지청구만 할 뿐이었다. 입원 소식을 듣고 병원으로 달려가보았지만 이미 의식이 없는 상태여서 마지막 인사도 못하고 말았다. 그러한 내가 이 글을 쓰려니 심한 자책감이 들 뿐이다.

자식에 대한 교육열이 높았던 영근이 아버님은 영근이

를 초등학교 6학년 때 익산으로 전학을 시켰고 나는 졸업 후 서울로 올라왔기 때문에 영근이를 자주 만날 기회가 없었다. 그가 군대를 제대하고 노동자 생활을 하던 1982년 가을에야 우리는 서울에서 다시 만났다. 영근이는 내게 한번도 자신이 왜 고등학교를 그만두었는지 말하지 않았다. 나도 아픈 과거를 들추는 것 같아 묻고 싶지 않았다. 그러나 시인 박영근의 이해를 돕기 위해 그의 인생을 일찌감치 바꾸어버린 '전주고등학교 자퇴사건'은 이야기해야겠다.

학교 보내달라고 부모님을 졸라 1년 일찍 초등학교에 입학한 탓에 동급생들보다 한두 살 어리던 그는 친구들과 쉽게 어울리지 못하고 늘 혼자였다. 그런데 고등학교 1학년 겨울방학 때 고향에 내려온 영근이를 5년 만에 만난 나는 그의 변화된 모습에 놀라지 않을 수 없었다. 그는 당시 나로서는 처음 들어보는 작가를 말하고 이해하기 어려운 문학론을 펼치는 것이었다. 그해는 유신독재 정권이 전국민주청년학생총연맹을 묶어두고 탄압하기 위해 긴급조치4호를 발령한 때였다.

긴급조치4호에는 '문교부장관은 대통령의 긴급조치를 위반한 학생에 대한 퇴학 또는 정학 처분이나 학생의 조직·결사·기타 학생단체의 해산, 또는 이 조치 위반자가 소속된 학교의 폐교처분을 할 수 있다'라는 조항이 있다. 그러한 시기에 영근이는 『사상계』나 『창작과비평』을 읽었고 김지하나 고은, 황석영, 이호철 등을 알았으며, 학급 '홈룸'시간에 이러한 독서를 바탕으로 한 시국관을 말하여 선생님을 당황케 만들었다. 그는 선생님들 사이에서 '요주의 학생'이 되었다. 전주에서 함께 학교를 다닌 친구에 따르면 교장선생님이 나서서 그의 생각을 돌려보려고도 했다고 한다.

겨울방학 직전에 영근이는 학교를 그만둘 결단을 내리고 무단결석을 실행에 옮겼다. 학교에 가는 대신 남해안 일대를 둘러보는 여행을 한 것이다. 2학년에 올라가기 직전 자퇴서를 제출하자 그의 아버님께서 학교에 불려갔다. 아버님은 다른 학교로 전학할 수 있도록 해달라고 했으나 당시 담임선생님으로부터 "명문인 전주고도 그만두려 하는데 다른 학교에 가면 잘 다닐 것 같은가"라는 말을 들었다고 한다. 결국 아버님은 포기할 수밖에 없었다. 여린 심성을 지닌 영근이가 끝까지 결심을 굽히지 않은 그 강고함은 지금 생각해도 놀라울 뿐이다. 그 나이에 혁명을 꿈꾼 것이었을까. 좌익활동을 한 아버님은 이러한 아들을 보고 어떤 생각을 하셨을까. 아버님은 변산의 빨치산 출신이었다.

서울에 온 영근이 소식을 고향에 있는 친구를 통해 간간이 들을 뿐 대학입학시험 준비를 하던 나는 그를 만나볼 생각도 못했다. 이 무렵 영근이는 서울에서 많은 사람들을 만나 토론모임에 참가하고 창작활동을 했으며, 1975년에는 서울과 전주에서 시화전을 열기도 했다. 1977년에 그는 형님 댁을 나와 신정동 안양천 뚝방촌에서 생활하며 공장 노동자들과 교류하기 시작했는데, 군대를 제대한 후에는 그들과 함께 새로운 삶을 시작했다. 나는 이무렵 영근이를 다시 만나 그의 눈물과 삶과 시를 옆에서 지켜보게 되었다.

1985년 여름 인천 송도로 이사오신 아버님을 뵈러 간 적이 있다. 우리 둘을 옆에 앉혀두고 "너희들은 어릴 때 머리가 뛰어난 수재들 아니었더냐"며 아버님은 회한을 감추지 못하셨으나 이미 아들을 용서하고 있었다. 자나깨나 아들 걱정으로 가슴이 보타져버린 어머님을 두고 영근이는 다시 자취방이 있는 구로공단 부근 철산리 쪽으로 발길을 돌려 노동자들 속으로 들어갔다. 그인들 어찌 가슴이 아프지 않았을까. 그러나 풀 한포기를 보고도 눈물을 흘리던 그가 가족과 관련된 이야기는 나에게조차 하는 법이 없었다. 구로동 시절, 철산리 시절, 그리고 부평에 와서도 영근이는 생산직으로 취직하여 현장을 지키면서 글쓰기와 모임 등을 통해 자본에 대항하는 방식으로 늘 노동자 편에 함께했다.

1980년대 말엽 문화운동과 더불어 시 쓰는 일에만 전념하던 영근이는 인천과 서울을 자주 오갔는데, 서울에서 밤을 지새우고 나면 광화문의 한 출판사에서 일하던 나를 찾아오곤 하였다. 한번은 영근이가 저녁시간에 나를 찾았다. 나는 친구가 운영해서 외상을 그을 수 있는 녹번동의 한 식당으로 그를 데리고 갔다. 11시가 넘어 근처 스탠드바로 옮겼는데 왈짜패로 보이는 한 청년이 주인과 시비가 붙어 난동을 부리기 시작했다. 아무도 말릴 엄두를 내지 못하자 영근이가 나섰다. 둘이 얘기를 나눈지 10분도 되지 않아 그 청년은 영근이를 '형님'이라고 부르며 허리를 굽히는 것이 아닌가. 그는 그 동네 극장의 기도였는데 나에게도 '영화를 공짜로 보여주겠으니 극장에 꼭 한번 오시라'는 당부까지 했다. 대체 무슨 말로 그 청년의 분노를 수그러들게 했는지 알 길이 없지만 시인의 말에 마음이 움직이는 사람이 많을수록 희망이 있는 사회라고 지금도 생각한다.

　1989년에 내가 부평으로 이사한 뒤로 영근이와 더욱 자주 만나게 되었다. 세상 사는 일이 질곡이 될 때마다 나는 그의 말을 듣고 나면 마음이 바로잡히곤 했다. 그는 내게 고향 사람들의 이야기를 꼬치꼬치 묻곤 했다. 그러던 그가 고향을 다시 찾은 것은 1997년 봄이었다. 종로에서 초저녁부터 술을 마시다가 밤 12시쯤 말도 없이 술자리를 빠져나온 그는 서울역으로 갔다. 서울역 앞에서 무작정 택시를 하나 잡아타고 전북 부안으로 가자고 한 것이었다. 주머니 속에는 동전 두어닢이 달랑거릴 뿐이었다. 그가 지친 영혼을 기대고 믿을 곳은 고향의 말없는 옥녀봉과 깨복쟁이 친구 조찬준뿐이었다. 그날따라 찬준은 상가집에 가고 없었다. 훤히 불이 켜진 초상집을 찾는 것은 그리 어렵지 않았으나 이미 만취상태인 찬준은 떠메가도 모를 정도로 깊은 잠에 빠져 있었다. 영근이는 장거리를 뛴 택시기사와 이약이약 하면서 날이 밝기를 기다렸다고 한다. 그때의 정황을 그린 시가 「초상집」(『지금도 그 별은 눈뜨는가』)이다.

　그 뒤로도 영근은 몇차례 더 그러한 '변산행'을 감행했다. 그때마다 택시비 부담은 찬준의 몫이었다. 지청구를 들을까봐 그는 말하지 않았지만 나는 찬준이를 통해 이미 알고 있었다. 이렇게 불쑥불쑥 고향을 찾는 그를 보다

못해 내가 동행하기로 했다. 밤늦게 도착하여 늦은 저녁 식사에 반주로 마신 술이 다음날까지 이어졌다. 그는 "강남 달이 밝아서~"로 시작하는 금사향의 노래를 부르기 시작했다. 하지만 그가 가사를 다 외우는 노래는 없었다. 텔레비전은 물론 라디오조차 없던 그는 차타고 가면서 주워들은 노래 중 마음을 울리는 대목이 있으면 그 한 소절만 기억해두었다가 술에 취하면 꺼내 부르곤 했다. 그 때 곰소로 모항으로 해창으로 돌면서 그 소절은 내내 계속됐고 그와 동행한 모두가 하루종일 '강남 달'에 시달려야 했다. 그러나 그가 울며 부른 '강남 달'은 시인의 가슴에 박힌 무너져내리던 고향이었음을 나중에 그의 시를 보고서야 알았다.

그를 데리고 시화방조제와 방조제 안에 갇힌 섬 형도를 가보기도 한 나는 그가 갯벌을 주제로 시를 쓰기를 바랐다. 계화산 정상에 함께 올랐을 때 그가 새만금갯벌을 바라보며 혼잣말처럼 내던진 것을 기억한다. "저 개를 막아 무슨 영화를 누리겠다고……" 나는 가끔 그의 갯벌시들을 꺼내 읽곤 하는데 한결같이 자연과 '나'를 하나로 보는 생태주의 자연관이 짙게 묻어나는 작품들이다.

술을 빼놓고 박영근 시인을 이야기할 수는 없을 것이

다. 그의 뒤치다꺼리를 수없이 해온 나는 누구보다도 그의 주벽을 잘 안다. 그러나 그는 한편으로는 술과 멀어지기 위해 부단한 노력을 기울였다. 퇴근길에 들러 같이 저녁을 먹을 때 내가 반주로 한잔하자고 해도 그는 이를 단호히 거부했다. 술을 즐기는 애주가는 결코 아니었다. 취해 있지 않으면 그는 늘 쾌활했고 왕성한 식욕을 보이며 건강했다. 또 세상 돌아가는 사정을 시인의 맑은 거울로 비추어보고 명쾌하게 정리하여 내게 일러주곤 했다.

이제 영근이는 이 세상에 없다. 끝이 안 보이는 탐욕으로 공멸을 앞당기는 성장지상주의가 신앙처럼 돼버린 이 세상에서 그가 쏟아낼 언어들이 참으로 많은데 이런 유고집을 남기고 훌훌 털고 가버렸다. 가라! 친구여. 그대가 이 땅에 내려놓은 눈물, 간절함마저 다 잊고 잘 가라.

許正均 | 환경운동가

# 연보

**1958년** 9월 3일 전북 부안군 산내면(현 변산면) 마포리 산기마을
에서 부 박창기(朴昌基)와 모 이옥례(李玉禮)의 2남 1녀 중 막
내로 태어남.

**1964년** 6세 부안군 산내면 마포국민학교 입학.

**1968년** 10세 부모님의 교육에 대한 열의로 국민학교 5학년 때 전
북 익산으로 전학함. 익산시 평화동 셋째이모 집에 거주.

**1974년** 16세  익산 남성중학교를 졸업하고 전주고등학교에 입학,
전주에서 하숙생활 시작함. '홈룸'시간에 시국에 관한 발언으
로 학교에서 요주의 인물이 됨. 학교 도서관에서 많은 책을
읽고 고향 친구와 선배 집에서 김지하 고은 황석영 이호철
최일남의 작품과 『창작과비평』 『사상계』 등을 탐독함. 더이
상 억압적인 학교생활이 불필요하다고 판단하여 자퇴. 문학
을 하겠다는 꿈을 품고 상경하여 이후 1년 동안 당시 교사로
근무하던 형 박정근의 집(성동구 능동)에서 생활함.

**1975년** 17세  고등학생 문학써클 모임에 오봉록 등과 함께 참여
하고, 전주 풍년문화원을 빌려 시화전 개최. 쏘비에뜨 혁명
등을 빗댄 창작시 때문에 경찰조사, 가택수색을 당함. 김지
하의『오적』을 소지한 혐의로 보안대에서 조사받음. 종로 보
신주단을 빌려 개최한 시화전에 참여.

**1976년** 18세 『학원』 4·5월호에 시 「눈 1」 「눈 2」가 입선작으로
수록.

**1976~78년** 18~20세  종로에서 민청학련 관련인사 김기선을 만나 홍영표(이후 노동운동에 투신, 대우자동차에서 해고됨), 박형규(이후 하늘땅출판사 설립) 등과 함께 리영희의 『8억인과의 대화』『우상과 이성』 등을 읽으며 민주화운동에 관한 토론모임을 가짐.

**1977~79년** 19~21세  양천구 신정동 뚝방촌에서 생활. 인천 동일방직 노동자들과 토론 등을 통해 교류. 종로 초동교회에서 청년회 활동을 하며 교회 내 대학회지에 시와 문학비평문 등을 기고. NCC(한국기독교교회협의회)를 비롯해 민주화를 바라는 기독교 및 재야인사들의 모임에 참여함. 대학연합문학써클 '청청(靑靑)'에 참여해 시창작 활동을 하고, 시화전 등을 개최함.

**1981년** 23세  군 제대 후 민중문화운동, 민중신학, 학생운동, 기독교계 관련인사 등 각계각층과 교류하며 신촌에서 쌀가게를 운영함. 동인지 『말과힘』을 발간. 『반시(反詩)』 6집에 시 「수유리에서」 등을 발표하면서 등단함. 1970~80년대 노동운동을 정리하는 프로젝트에 참여하면서 성효숙을 만남.

**1982~83년** 24~25세  구로3공단 삼립빵공장 부근에 살면서 3공단 등지의 제본회사, 곤로회사 등에 취업. 권오광 등 학생운동, 노동운동계의 벗들과 교류함.

**1983~85년** 25~27세  구로동과 철산리 산동네에서 생활하며 고(故) 조영관 시인 등을 만나고 노동운동가, 민중문화운동가 들과도 교류함. 노동자 생활이야기를 쓴 첫번째 산문집 『공장옥상에 올라』(풀빛 1983) 출간. 마포 아현동 애오개소극장에서 미술동인 '두렁'을 비롯해 정희섭 김영철 김원호 등과 교류하면서 홍제동 성당, 성문밖교회 등에서 열린 각종 문화행사와 집회에 참여. 시국집회에서 현장시를 낭송하기도 함.

**1984년** 26세  청계피복 노동자들과 교류하며 동대문 근처에서 소모임을 가짐. 민중문화운동협의회 회원으로 활동하며 시국

집회와 철야농성 등에 참여함. 신경림 임진택 정희성 김정환 이영진 하종오 등과 함께 민요연구회를 창립하고 창립간사로 일함. 첫시집 『취업공고판 앞에서』(청사) 출간. 이해 12월부터 1987년까지 자유실천문인협의회 재창립회원으로 김정환 김사인 김남일 고(故) 채광석 등과 함께 활동함.

**1985년** 27세  고(故) 김도연이 설립한 공동체출판사 편집위원으로 활동함. 노동문화패들과 함께 인천 5·3항쟁에 참여함. 이해 가을 근거지를 부평으로 옮긴 '두렁'의 성효숙과 함께 산곡동으로 이사함.

**1986년** 28세  강형철 김형수 이산하 안수철 등과 함께 학습소모임을 가지고 활동함.

**1987년** 29세  인천 보르네오가구 등에 생산직으로 취업. 유월항쟁과 노동자대투쟁 관련 집회에 참여함. 두번째 시집 『대열』(풀빛) 출간.

**1987~89년** 29~31세  민중문화운동연합 회원으로 활동. '두렁'과 함께 박종철 열사에 대한 영상제작에 참여함.

**1989~90년** 31~32세  인천과 서울을 오가며 노동자문화예술운동연합에서 김정환 이용배 문승현 등과 함께 활동하면서 영화분과 일을 맡음. 하늘땅출판사 편집위원, 잡지 『예감』 편집위원으로 활동함.

**1993년** 35세  부평 산곡동에서 부평4동으로 이사하여 2005년 11월까지 생활함. 세번째 시집 『김미순傳』(실천문학사) 출간.

**1994년** 36세  노동과 현실에 투철한 문학정신을 평가받아 제12회 신동엽창작상을 수상함.

**1995년** 37세  송성섭(풍물) 허용철(미술)과 함께 인천민예총 창립.

**1997년** 39세  네번째 시집 『지금도 그 별은 눈뜨는가』(창작과비평사) 출간.

**1998년** 40세  12월 신현수 이경림 이세기 등과 함께 민족문학작
가회의 인천지회를 창립하고 2000년까지 부회장으로 일함.

**1999~2002년** 41~44세  '인천문화를 열어가는 시민모임' 창립회원
으로 최원식 박우섭 이남희 김창수 등과 함께 활동함. 인천
민예총 사무국장으로 일하며(2000~2001), 강광 이종구 등과
함께 활동함.

**2002년** 44세  다섯번째 시집 『저 꽃이 불편하다』(창작과비평사) 출
간, 이 시집으로 2003년 제5회 백석문학상을 수상함.

**2002~2006년** 44~48세  인천민예총 부지회장(2002~2005), 민족문학
작가회의 시분과위원장(2003~2005), 민족문학작가회의 이사
(2002~2006) 역임. 산문집 『오늘, 나는 시의 숲길을 걷는다』(실
천문학사 2004) 출간. 2003년 8월 몽골에서 진행된 '한·몽 시
인대회'에 이시영 고형렬 김용락 한창훈 김형수 등과 함께
참가함. 2005년 11월 인천 용현동으로 이사함.

**2006년** 48세  5월 11일 오후 8시 40분 결핵성 뇌수막염과 패혈증
으로 타계.

정리 · 성효숙

# 수록작 발표지면

김수영 시비를 보며·해창에서 2__『문학마당』 2003년 봄호
탑·인제를 지나며__『시와반시』 2003년 여름호
봄눈__『시평』 2003년 여름호
임시묘지의 시__『문학사상』 2003년 7월호
봄날·늦은 작별__『현대시학』 2003년 8월호
양구 1·양구 2·양구 3__『문학과경계』 2003년 가을호
마야꼬프스끼__『시경』 제3호, 2003년 하반기
몽골초원에서·물소리·위도에서__『실천문학』 2003년 겨울호
자술서__『인권』 2004년 2월호
청옥고등공민학교·눈길__『창비어린이』 2004년 봄호
겨울 선두리에서 1·겨울 선두리에서 2·몽골 초원에서 2
　　__『황해문화』 2004년 봄호
몽골 초원에서 3__『현대문학』 2004년 3월호
몽골 초원에서 4__『신동아』 2004년 7월호
낡은 집·돌부처__『창작과비평』 2004년 가을호
결핍·진달래·기억하느냐, 그 종소리__『시작』 2004년 가을호
가을비__『유심』 2005년 봄호
사랑·밀물의 방·슬픈 눈빛·만조의 바다·허공·봄
　　__『신생』 2005년 여름호
십일월·수련__웹진『문장』 2005년 12월호
폐사지에서 1·폐사지에서 2·만월__『열린시학』 2005년 겨울호

겨울, 나무__『작가들』 2005년 겨울호
이사 · 봄날__『리토피아』 2006년 봄호
절규__미발표작. 명화에 대한 시를 모아 출판을 기획한 어느 출판
    사의 청탁에 응해 시인이 2004년 10월 8일에 보낸 이 작품은 뭉
    크의 「절규」를 소재로 하고 있다―편집자.

　　박영근 시인이 생전에 펴낸 마지막 시집 『저 꽃이 불편하다』 이후 잡지에 발표한 시들과 미발표작 「절규」를 포함해 총 44편의 작품을 시집으로 묶는다. 시를 찾아내고 정리하는 과정에서 편집위원들의 마음은 내내 무거웠다. 박영근 시인이 워낙 갑작스레 세상을 떠났기 때문에 그를 아끼던 모든 사람들이 그랬을 것이다. 더이상 술 취한 목소리가 이어지던 새벽녘 전화는 오지 않게 되었으며, 섬세한 감촉의 악수도 불가능하게 되었다. 대신에, 편집위원들 앞에는 그가 시대와의 불화 속에서 끌어안았던 언어들만이 남아 있었다. 그것들은 한 권의 시집을 이루기에 충분했다. 그를 아끼던 모든 사람들에게 언어로만 남은 그의 흔적을 돌려주어야 한다는 생각 때문에 추모 1주기에 맞추어 유고시집을 펴내기로 하였다.

그의 시를 모으는 데 가장 큰 공력을 들인 사람들은 그의 가족친지와 인천의 동료들이다. 그들은 손수 책을 찾고 원고를 입력하여 우리에게 정리된 결과를 알려주었다. 우리가 한 일은 그것들의 순서를 맞추고 원본을 확인하여 출판사에 넘겨주는 일이었다. 그러므로 이 책은 온전히 박영근 시인의 영전에, 그리고 그의 친지와 동료들에게 바쳐져야 한다. 편집위원들은 이 시집 이후 그의 전집 출판을 추진함으로써 박영근 시인과 그의 동료들에게 진 빚을 갚기로 하였다. 이제 따뜻하게, 그의 시집을 품어주시기 바란다.


2007년 5월

편집위원 김이구 김해자 박상률 박수연 박철

창비시선 276

**별자리에 누워 흘러가다**

초판 1쇄 발행/2007년 5월 11일
초판 3쇄 발행/2016년 4월 29일

지은이/박영근
펴낸이/강일우
책임편집/박신규
표지 이미지/성효숙
표지 디자인/정효진
펴낸곳/(주)창비
등록/1986년 8월 5일 제85호
주소/10881 경기도 파주시 회동길 184
전화/031-955-3333
팩시밀리/영업 031-955-3399 · 편집 031-955-3400
홈페이지/www.changbi.com
전자우편/lit@changbi.com